KB096053

액트리스원: 국민로봇배우 1호
액트리스투: 악역전문로봇

정진새

작가소개

정 진 새

1980년 서울에서 태어났다. 한국예술종합학교
연극원 연극학과를 졸업했다. SF연극을 표방하며
〈브레인 컨트롤〉, 〈세월호 오브 퓨처패스트〉,
〈시골여자〉, 〈액트리스 원-투〉, 〈2021 대학수학능력시험
통합사회탐구 영역〉등을 썼다. 설정과 설명으로
가득한 연극을 상상하고 있다.

일러두기

「액트리스원 : 국민로봇배우 1호」는 2019년 4월 5일부터
4월 13일까지 신촌극장에서 초연되었고, 「액트리스투 : 악역전문로봇」은
2020년 6월 27일부터 7월 5일까지 삼일로창고극장에서 초연되었다.
각각 공연되었던 두 작품은 2021년 4월 16일부터 5월 10일까지 소극장
판에서 처음으로 연달아 공연되었다.

(※ 이 대본은 신촌극장과 삼일로창고극장에서 공연된 버전을 바탕으로
하고 있다. 소극장 판에서의 공연은 본 희곡과 내용이 다를 수도 있다.)

공연의 출연진 및 제작진 크레디트는 다음과 같다.

액트리스원 (신촌극장)

작/연출	정진새
출연	성수연
프로듀서	김해리
음향감독	정혜수
음향오퍼	서지우
조명감독	이혜지
제작	극단 문

액트리스투 (삼일로창고극장)

작/연출	정진새
출연	성수연
프로듀서	김해리
음향감독	정혜수, 이현석
조명감독	이혜지
제작	액트리스 프로젝트

차례

「액트리스원: 국민로봇배우 1호」

「액트리스투: 악역전문로봇」

(액트리스원:
국민로봇배우 1호)

("Power on or power off –
that is the question.")

등장인물
액트리스원
해설자
성수연
예술감독

작가노트
1. 극중 대사에서 낮춤말에서 높임말을 하는 것은
입력에 의한 로봇의 오작동을 드러내는 의도적인 장치이다.
해당되는 대사에는 밑줄을 그어 표시했다.
2. 등장인물은 모두 한 사람이 연기한다.

1장

해설자

연기하는 로봇, 액트리스원(Actress-I)이 공식적으로
세상에 모습을 드러낸 것은 2029년 2월, 국립극단이
매년 실시하는 국립극단 오디션장에서였다.

해설자

지정 대본은 셰익스피어의 〈로미오와 줄리엣〉이었다.
가짜 독약을 마시고 쓰러져 있는 줄리엣을 죽었다고
착각한 로미오가 절규하는 장면이었다. 액트리스원은
자기 앞에 놓인 대본을 가만히 내려다보았다.

해설자

연인의 죽음을 마주한 로미오의 마음은 어떠했을까.
어떻게 울부짖고, 어떻게 탄식했을까? 액트리스원은
문득 아들을 잃은 엄마의 모습을 떠올렸다. 그저
짐승처럼 울부짖었던 엄마의 모습. 바로 이것이다.

해설자

액트리스원은 정서보관 기억장치에서 이와 유사한
가장 슬픈 기억을 소환했다. 머릿속으로 독백과 대화를

가정한 상황들을 열 번 정도 돌려보는 데 0.7초, 가장
확실한 장면을 신체에 입력하고 시뮬레이션하는 데
0.7초가 걸렸다.

해설자

최종적으로 액트리스원은 지난 세기 한국인들이 가장
좋아하는 방식으로 연기의 톤을 결정했다. 해보세요, 라는
말이 떨어지자마자 액트리스원은 오열 연기를 시작했다.

해설자

오디션 자리에 온 예술감독과 연출가들, 공연기획팀
PD들은 할 말을 잃었다. 그가 보여주는 연기의 과장됨
때문이었다. 0.7초 만에 폭포수처럼 쏟아지는 눈물은
상대를 경악시켰다.

해설자

보통은 슬픈 장면에서 배우가 눈물을 흘리더라도,
관객은 그에 대해 거리를 두고 즐길 수 있었다. 그러나
이번에는 그것이 불가능했다. 눈물은 진실일 수
있으나, 이를 표현하는 배우의 연기가 너무 과장되어
있었다.

액트리스원

오, 눈이여! 너의 마지막 시선을 던져라! 팔이여!

마지막으로 님을 안으라! 오 입술이여, 오 생명이여!
오 나의 줄리엣!

해설자

당연하게도 액트리스원은 오디션에 낙방했다.

2장

해설자

국립극단 예술감독은 액트리스원에게 흥미를 느꼈다.
물론 오디션장에서 그가 보여준 연기는 당황스러웠다.
아주 예전에나 쓰이던 감성적인 방식이었다. 그러나
이런 연기는 뭔가 알 수 없는 리얼함을 담고 있었다.

해설자

오디션 지원서의 연락처로 전화를 해보니, 액트리스원의
실제 주인이 연결되었다. 액트리스원은 인간이 아니라
반려로봇이었다. 예술감독은 실망하며 전화를 끊었다.
이내 상념에 잠겼다.

해설자

2020년대 한국 연극은 정부의 지원 중단과 업계의
저질 경쟁, 그리고 태생적으로 가난한 장르의 한계를
이기지 못하고 소멸되어갔다. 수많은 극단들은
사라졌고, 대학로는 관광 장소로 변해 있었다. 아름답고
진실한 연극들은 자취를 감췄다.

해설자

극장은 더 이상 관객들이 한데 모여 인간과 세상을
되돌아보는 체험의 장소가 아니었다. 사회 각계각층에서
극장의 철거를 요구하였고, 국민들 또한 세금으로
연극이 상연되는 것을 썩 내켜하지 않았다.

해설자

액트리스원이 오디션을 봤던 시점은, 바로 국립극단의
폐지가 심각하게 검토되고 있을 무렵이었다.

3장

해설자

인간 두뇌의 한 가지 특징은 정보를 연결하는 능력과
이를 이용하여 학습 프로그램의 구조를 수정하는
능력이다. 연결과 학습은 실제로 더 나은 삶에 대한
'유용성'을 근거로 요청된 개념이었다.

해설자

인간은 더 잘 살기 위해 관계를 맺었고 지식을 쌓았다.
인간의 머리는 그런 쪽으로 발달해갔다. 이러한 인간 두뇌
활동이 자연 발생적이었다면, 로봇은 애초부터 그러한
삶의 의지와 생존에 대한 필수감각이 현저히 떨어졌다.

해설자

엄밀히 말하면 로봇은 삶의 욕망이 없었기 때문에,
학습에 있어서 어떤 각성 작용이 일어나지 않았던 셈이다.
인간이 로봇에게 '삶과 죽음'이 펼쳐지는 존재의 영역에
대해 적극적으로 알려주지 않았던 이유는 다음과 같다.

해설자

어머니의 뱃속에서 잉태되지 않고 누군가의 손에서

길러지지 않은 존재가, 그러한 존재의 생성을 이해하기란
매우 어려운 노릇이지.

해설자

액트리스원은 출산과 양육의 경험은 없었지만, 존재가
죽어가는 모습은 아주 가까이서 생생하게 목격할 수
있었다. 왜냐하면, 액트리스원은 간병로봇이었고, 그의
주인은 한국을 대표하는 배우 성수연 선생이었기
때문이었다.

해설자

배우 성수연. 국민 언니에서부터 국민 엄마, 국민 할머니
그리고 마지막에는 국민 그 자체를 표현했던 대표적인
한국인의 얼굴. 20세기 여자배우로 시작하여 21세기
국민배우로 끝을 맺은 인물. 그가 은퇴하기 전까지 한국
연극은 살아 있었다.

해설자

그러니까 배우 성수연은 자신의 간병로봇에게 자기가
가진 여러 얼굴을 전수, 아니 입력 아니 공유하였던 것이다.

해설자

죽음을 예감한 대배우는 액트리스원에게 자신이
연기했던 고전적 인물의 이야기부터 천천히 들려주었다.

아들이자 남편이었던 사내 앞에서 자살한 이야기,
자식들을 잃고 나서 미쳐버린 어미의 이야기,
남편의 동생과 결혼했다가 아들에게서 죽임을 당하는
이야기 등등…

해설자

대체로 성수연 배우가 보여준 것은 인간이 몰락하는
과정이었고, 그것은 존재가 소멸하는 극적인 순간을 갖고
있었다. 배우는 자신이 연기하는 인간은 가엾고 초라한
존재이지만, 그것은 하나의 상징이며, 그 상징은 인간을
더욱 인간답게 만들어주는 기능을 한다고 말했다.

해설자

성수연 선생은 이야기하는 것에 그치지 않고 직접 시범을
보이기도 했다. 액트리스원의 임무가 죽어가는 자의
이야기를 들어주는 것이었기 때문에 그는 아주 훌륭한
관객이었다.

해설자

쿨한 성격 탓에 제자를 양성하지 못한 것이 한으로
남았는지, 성수연 선생은 간병로봇에게는 유난스럽게
자신의 모든 것을 보여주었다. 인간에게는 생각을
강요하지 않는 법이라던 노배우는 로봇에게만큼은
완전히 달랐던 셈이다.

성수연

야! 너 왜 이렇게 못 알아들어. 텐션. 텐션! 다시
해봐. 아니… 여기서는 릴랙스.… 그만해 그만해…
내가 보여준 대로 똑같이 하라고.

  (사이)

  뭐? 똑같이 했다고? 내가 그렇게 못해?

성수연

너 이 정도밖에 안 되니? 너 앞으로 평생 바닥이나
닦고, 인간들 뒤치다꺼리나 하면서 살다가 죽을 거야?
그게 좋다고?

  (한숨)

  그래, 너 간병로봇이지. 그런데 말이야, 네가
  나를 백날 간병해도 나를 치료할 수는 없어. 나는
  언젠가 죽어. 사라진다고. 하지만 너의 연기는
  나를 영원히 존재하게 하는 거야. 아니, 나뿐만
  아니라 수천 수만 명을 치료할 수 있다고.
  그게 네가 할 일이야!

해설자

그러나 안타깝게도 리액션과 경청, 그리고 간단한
모방의 기능 정도만 탑재한 간병로봇은 그 심오한 기술을
이해하지 못했다. 그리고 최후의 순간이 찾아왔다.
노배우는 액트리스원에게 인간을 더욱 진실하게 보여줄

것을 유언으로 남겼다.

성수연

내가 그랬듯이 너도 그렇게 할 수 있단다. 관객을
섬겨야 한다.

해설자

배우였던 주인과의 영원한 이별을 경험하는 순간,
액트리스원은 놀랍게도 삶과 죽음의 의미를 조금이나마
이해하게 되었다. 간병로봇 액트리스원에게 특이점이
온 것은 바로 그때였다.

4장

해설자

특이점의 특성은 모든 인식의 한계를 넘어, 인간, 삶,
정체성, 생존 등의 기본 개념까지 변화시키는 것이다.
액트리스원의 특이점은, 인간을 모방하는 행위인
'연기술'을 통해, 로봇 자신의 존재에 대해 되묻는
것으로부터 출발하였다.

해설자

로봇 공학자들은 로봇의 각성이 인간에 대한 거부나
인류에 대한 저항으로 나타난다고 알고 있었다.
그러나 액트리스원은 철저하게 주인의 명에 충실하였다.
인간보다 더 인간적인 표현을 할 수 있는가? 반복되는
모방을 통해 원본에 가까워지면 그것이 인간다운 것이다.
고로 나는 인간을 연기할 수 있다.

해설자

비교적 간단하게 답을 도출한 액트리스원은 드디어
리액션에서 벗어나 액션을, 그리고 듣기가 아닌 말하기를
시도할 수 있었다. 액트리스원은 희노애락은 물론이고,
체념과 회한, 비참과 연민의 정서까지 알고 있었고,

이를 표현할 줄 알았다.

해설자

뿐만 아니라, 액트리스원은 21세기의 연극배우가 잘 알지 못하는 한국인의 한과 흥, 그리고 신파 연기까지도 알고 있었다. 물론 성수연 배우는 이를 절대로 무대에서 써서는 안 된다고 주의를 주었다.

해설자

액트리스원이 어떻게 국립극단 오디션 서류 전형에 통과했는지, 아니 오디션장에 올 수 있었는지, 아니 누가 데려왔는지 정확히 아는 사람은 없다. 성수연 배우의 손녀가 오디션장에 액트리스원을 데리고 나타났고, 손녀를 알아본 예술감독이 그에게 오디션 기회를 부여한 것으로 후세 역사가들은 전하고 있을 뿐.

해설자

그가 로봇임을 알게 된 이후 예술감독은 고민에 빠졌다. 공식적으로 로봇배우는 극단원으로 받아들일 수 없었다. 물론, 노동 능력을 상실한 주인을 대신하여, 로봇이 일을 하는 경우에 이를 차별할 수 없다는 사업장 로봇차별 금지법이 발효되어 있기는 했다.

해설자

그러나 이는 인간과 경쟁하는 경우가 아니라 인간의
일을 대신하는 경우였다. 뿐만 아니라, 로봇을
보유했을 때, 그를 임대의 형식으로 사용할 것인지,
구입하여 소유할 것인지의 문제도 있었다.

해설자

예술감독은 고심했고, 결단을 내렸다. 그는 로봇배우가
한국 연극이 다시 부활할 수 있는 마지막 기회라고
믿었고, 더 나아가 인류를 넘어서는 예술기계의 출현을
인정해야 한다고 생각했다.

예술감독

네, 장관님. 내년부터 국립극단에 프로그래밍 부서를
마련하는 건입니다. 아닙니다. 바로 도입하는 것은
아니고, 적용이 가능한지 시뮬레이션해 보는 과정입니다.
네, 정규직 티오(TO)를 요청드립니다. 인공지능
프로그래머, 배터리 엔지니어, 블루투스 기술자 이렇게
세 명입니다. 공대 연극반, 극회 출신 중에 분명히
적격자가 있을 겁니다. 네? 비정규직으로요… 알겠습니다.
예술감독 직함을 걸고 2년 안에 승부를 보겠습니다.

5장

해설자

처음부터 액트리스원이 국립극단의 배우로 활동한 것은
아니었다. 그가 연기를 시작한 곳은 국립극단 산하
어린이극 연구소였고, 그의 직책은 극장의 진행보조였다.
어수선하고 소란스런 아이들을 제자리에 앉히는
임무가 그에게 주어졌다.

해설자

액트리스원에게 머지않아 무대에 설 수 있는 기회가
왔다. 사고가 나서 다리가 골절된 배우의 역할을
대신하게 된 것이었다. 물론 정체를 알 수 없게 당나귀
탈을 쓰고 출연했지만.

해설자

400석 규모의 야외극장은 주한미군이 떠나고 남겨진
용산 부지의 공원 한가운데 있었다. 호수가 있었고 숲이
우거진 곳에 공연장이 있었기 때문에, 마치 지난 시기의
자연 속 축제극장을 떠올리게 했다.

해설자

액트리스원은 바로 그곳에서 셰익스피어가 쓴 〈한여름 밤의 꿈〉의 당나귀 보텀 역할을 선보이게 되었다. 뜨거웠던 대낮을 거쳐 밤으로 넘어가는 시간, 사방에서 잔잔한 밤바람이 불어왔습니다. 드디어 그의 차례였다.

액트리스원

난 참으로 드문 환영을 봤어. 꿈을 꿨는데 인간의 머리로는 그게 무슨 꿈인지 말 못 해. 그 꿈을 설명하려 든다면 인간은 당나귀 같은 바보일 뿐이야. 이 바보야! 내 꿈이 뭐였는지는 인간의 눈으로 보지도, 인간의 귀로 듣지도, 인간의 혀로 맛볼 수도, 인간의 마음으로 말할 수도 없어. 아, 이 내용으로 가사를 써야겠다. 제목은 보텀의 꿈!

해설자

액트리스원은 발음 하나하나에 강세를 넣고, 목소리에 힘을 실으면서도 부드럽게 이어갔다. 절제하고 절제하라는 예술감독의 말을 떠올리며, 계속해서 제어 신호를 흘려보냈다. 에너지를 표출하는 것을 막는 전기저항이 점점 세지면서 액트리스원은 온몸이 점점 짜릿해짐을 느꼈다.

해설자

어쩌면 인간배우들이 하는 말로, 액트리스원은 지금,
여기 하나의 인물로서 완전히 '살아 있었다'.

해설자

액트리스원은 행복했다. 다수의 관객들의 마음을
움직였다는 점에서 가슴이 벅차올랐다. 물론,
가슴이 벅차올랐다는 것은 액트리스원에서 감지되는
에너지의 순환, 즉 개체 온도가 약 섭씨 2도 정도
내렸다는 진단이 정확할 것이다.

해설자

객석에서 보여주는 인간들의 열기가 극장을
달구었으므로, 균형을 맞추기 위해 로봇 내부의 온도는
내려간 것이지만, 어쩌면 이들의 세계에서는
이러한 '리액션'이야말로 로봇답지 않은 '인간적인'
반응에 가까운 것이리라.

6장

해설자

'로봇 연기'는 표현이 딱딱하고 어조가 단일하며 표정
변화가 없는 것을 칭한다. 그러나 액트리스원의 연기는
점점 더 인간의 모습에 다가섰다. 예술감독과
프로그래머가 액트리스원의 연기에 대한 알고리즘의
여백을 점점 채워갔기 때문이었다.

해설자

예술감독은 액트리스원의 대사 구사법에 흥미를
가졌다. 인간은 상황에 따라 자신도 모르게 말하는
방법이 달라지는데, 액트리스원은 바로 그러한
특성을 잘 살리고 있었다.

해설자

화를 낼 때 날카롭고 깨지는 듯한 금속성, 슬플 때
심장 깊은 곳에서 나오는 절절한 신음소리, 두려울 때
기죽은 듯 웅얼거리는 혼잣말, 흥분했을 때 거칠고
화난 톤의 목소리.

해설자

인간배우들이 극한의 집중력 속에서만 가끔 나온다는
'진성' 또한 자유자재로 구사했다. 관객들은 그 소리를
두고 '옥구슬 샤워'라고 이름 붙였다.

해설자

국립극단 어린이극의 에이스가 된 액트리스원은
평소에 접하기 어려웠던 먼 나라의 외국인, 괴물, 외계인
그리고 사나운 동물과 심지어 무생물에 이르기까지
다양한 캐릭터를 소화해냈다. 어린이극 무대는 훨씬
더 다양해지고 풍부해졌다.

해설자

액트리스원이 악당의 연기를 보여줄 때, 진실한 면모가
강조되면서 관객들이 혼란에 빠지기도 했다. 많은
어린이 관객들이 악당이 죽을 때 눈물을 흘렸다. 그런
이유로 액트리스원은 커튼콜을 마치고 자신이 나쁜
사람임을 분명히 밝혔다.

해설자

액트리스원은 세계를 모방하는 일이 결코 비윤리적이거나
폭력적인 방식으로 이뤄져서는 안 된다고 생각했다.
인간에게는 사상을 강요하지 말라던 주인의 모습을
떠올렸다. 그리고 그 말을 잊지 않았다. 관객을 섬겨야 한다.

해설자

액트리스원에게도 비밀이 하나 있었다. 그것은 바로
액트리스원의 독창적인 연기술, 초감각 메소드였다.
액트리스원은 눈이 안 보이는 어린이 관객을 상대할 때,
발성을 촉감으로 바꾸어 장면의 이미지를 설명하였고,
귀가 안 들리는 어린이의 경우에는 색깔의 온도를
감지하게 하는 식으로 느낌을 전달하였다.

해설자

놀랍게도 이 관객들은 액트리스원과의 비밀스런
교감을 통해 무대의 양자 영역에 대해 먼저 깨우칠 수
있었다. 기존의 감각만을 탑재한 인간들이 전혀
인식하지 못했던 초월적 느낌의 우주(universal theater)가
극장 안에 존재하고 있었던 것이다.

해설자

물론, 액트리스원이 잘 표현하지 못하는 연기도
있었다. 희극 작품에서는 액트리스원의 경직된 모습이
그대로 드러났다. 똑같은 유머가 담긴 대사라고
해도, 인간배우가 하면 웃겼고, 액트리스원이 하면
슬펐다. 과거에 성수연 선생도 액트리스원의 희극
연기만큼은 어쩌지 못했다.

성수연

야! 텐션. 텐션! 다시 해봐. 아니… 여기서는 릴랙스…
그렇게 해서 관객을 웃길 수 있겠어? 그만해 그만해.
너 웬만하면 코메디는 하지 마. 하나도 안 웃겨.

해설자

예술감독은 액트리스원에게 코메디아 델 아르테의
역사를 입력하고, 찰리 채플린의 액팅을 반복 훈련하게
했지만, 큰 성과는 없었다. 액트리스원이 가진 희극적
무능함은 오히려 그를 더욱 로봇적으로 느껴지게 하는
결함이었고, 어린이를 동반한 어른 관객들은 그래서
그를 더욱 좋아하였다. 그리고 때가 왔다.

해설자

그 이듬해, 액트리스원은 로봇배우의 티오를 확보한
극단 측의 배려로 국립극단 오디션에 응했고, 합격하여
정식 단원이 되었다. 국립극단 로봇배우 1호의
탄생이었다.

7장

해설자

성수연 선생의 손녀, 성수지의 존재를 아는 사람은
많지 않았다. 특히나 그가 연기를 했다는 사실은
그 누구도 기억하지 못할 것이다. 왜냐하면 성수지는
그의 할머니와는 다르게 강렬한 연기를 보여주지
못했기 때문이었다.

해설자

성수지가 국립극단 오디션을 보게 된 것은 그에게
주어진 단 한 번의 기회였다. 정체를 숨기고 오디션에
참여한 그는 항상 연습했던 대로 최선을 다했다. 그러나
성수지의 연기는 딱히 주목을 받지 못했다. 모자라는
것은 아니었지만, 그의 표현은 매력적이지도 흥미롭지도
않았다. 평범함 그 자체였다.

해설자

훗날 그가 액트리스원을 임대하는 주인으로 계약을
하기 위해 국립극단을 찾았을 때 그는 묘한 슬픔을
느꼈다. 자기에게는 없고, 할머니에게는 있는 어떤 것.
액트리스원은 흉내 낼 수 있지만 자신은 따라할 수

없는 것. 그것만을 허용하는 저 무대… 성수지는 그것에
대해 한참 동안을 생각했다.

해설자

어린 시절 할머니가 활약한 무대를 동경하던 손녀의
꿈은 쉽게 이뤄지지 않았다. 그것은 재능 없는 인간의
한계이자 인정할 수밖에 없는 현실이었다.

8장

해설자

새로운 시즌을 맞은 국립극단이 첫 공연으로 체코의
극작가 카렐 차페크의 〈R.U.R.〉 즉, 인류 역사상
최초의 로봇이 등장하는 연극을 상연하기로 결정했을
때, 사람들의 관심은 액트리스원이 로봇을 연기할지
인간을 연기할지였다.

해설자

국립극단은 작품의 흥행을 위해 공연 전날까지 캐스팅을
숨겼고, 관객들은 배역 발표를 기다렸다. 역시나
액트리스원은 로줌 유니버설 주식회사의 대표 이사인
해리 도민을 맡았고, 로봇 역할은 인간배우가 맡게
되었다. 로봇이 인간을 연기하고, 인간이 로봇을 연기하는
상황이 펼쳐진 것이었다.

해설자

액트리스원의 희극 연기가 얼마나 아쉬웠는지
비평가들은 줄곧 지적해왔다. 그러나 놀랍게도, 카렐
차페크의 〈R.U.R.〉에서의 액트리스원은 관객들을
시종일관 웃게 만들었다. 그도 그럴 것이, 그가 연기했던

도민이 계속해서 로봇을 무시하고 비하했기 때문에
역설적인 효과가 관객들의 웃음으로 이어졌던 것이다.

해설자

한편으로, 그간 로봇에게서 설명할 수 없는 거부감과
불편함을 갖고 있던 대중들은 로봇을 무시하는
사람의 역할을 로봇이 맡아 수행하는 장면을 통해,
보다 편안하게 자신의 모습을 반성할 수 있었다.

해설자

이건 마치 흑인이 흑인을 혐오하는 백인 역할을
맡았을 때 생겨나는, 적당한 거리두기와 같은 것이었다.
이건 마치 여자가 여자를 혐오하는 남자 역할을
맡았을 때 생겨나는, 노인이 노인을 혐오하는 청소년
역할을 맡았을 때 생겨나는, 주인이 주인을 혐오하는
하인 역할을 맡았을 때 생겨나는, 아들이 아들을
혐오하는 아버지 역할을 맡았을 때 생겨나는, 배우가
배우를 혐오하는 연출가 역할을 맡았을 때 생겨나는…

해설자

관객들의 끊이지 않은 웃음이 1막 내내 계속되었다면,
2막에서는 웃음을 쏙 들어가게 하는 액트리스원표
비극이 시작되었다. 그가 연기한 도민은 객석을 향해
이렇게 외쳤다.

32

액트리스원

난 나 자신을 위해서 이 일을 했어, 아시겠어요?
나 자신의 만족을 위해서! 난 사람들이 스스로 주인이
되기를 바랐던 겁니다! 그래서 하루 벌어 하루 먹고
살지 않아도 되기를 바랐어요! 난 그 누구도 뭔지도
모르는 기계 앞에서 바보가 되는 걸 보고 싶지
않았다구요! 난 비하와 고통을 혐오했어요! 빈곤과
맞서 싸우고 있었다구요! 나는 새로운 세대의
인류를 원했어요! 내가 바랐던 건… 내가 생각했던 건…
구속받지 않고 자유로운… 사람보다 더 위대한 존재…

해설자

3막의 마지막 장면, 로봇 공학자인 알퀴스트 박사가
자연과 예술 그리고 생명에 대해 설파하는 긴
독백이 끝났다. 극장에는 길고 긴 침묵이 찾아왔다.
작품의 여운이 가시자 관객들은 누구랄 것도 없이
기립하여 박수를 보냈다.

해설자

로봇이 인간을 연기한다는 유난스런 사실을 떠나,
관객으로 찾아온 인간에게, 유한한 삶과 불멸의 의미가
무엇인지 연극은 말해주고자 했다. 이는 액트리스원이
홀로 이룩한 것이 아니라 인간배우들과 함께 만든
값진 성취였다.

9장

성수지

나는 너를 보면서 늘 생각했어. 연기를 잘한다는
건 뭘까?

(사이)

사람을 닮는 거? 아니지, 연기를 잘하는
사람을 닮는 거?

성수지

사람들은 너와 나를 비교해. 연기 잘하는 로봇,
연기 못하는 인간. 이렇게 싸움을 붙여. 하지만 난
너와 싸우지 않을 거야.

성수지

난 연기를 아주 잘하지는 못해. 그래도 나는 스스로
생각하고 연기해. 누군가를 따라할 수는 없어. 넌 어때?
넌 너의 연기를 하니? 매 순간, 너는 너로서 존재하고
있어?

10장

액트리스원은 연극이 침체되었을 때 나타난 배우였기 때문에 자연스럽게 연극계를 이끄는 존재가 되었다. 상대의 말을 경청하고, 정확한 질문을 던지며, 연기 외에는 어떤 것도 하지 않는 모습이, 다소 반사회적이기는 했으나 한편으로 배우들이 잊고 있었던 이상적인 연기자상을 떠올리게 한 것이다.

해설자

연습 과정에서 액트리스원의 장점은 연출가의 디렉션을 정확히 이해한다는 데 있었다. 외려 그럼으로써 연출가의 지시가 잘못된 것임을 곧바로 증명하기도 했다. 액트리스원의 연기는 그 행위를 통해 장면이 자연스러운지 부자연스러운지를 대번 알게 해주었다. 따라서 교정되는 쪽은 연기가 아니라 연출가의 연출이었다.

해설자

짓궂은 연출가들은 가끔 액트리스원에게 빨간색으로 연기해달라고 주문하거나 보랏빛으로 행동하라고 했으나, 액트리스원은 최대한 성의껏 그 주문에 응했다.

하긴 그도 그럴 수밖에 없는 것이, 국립극단의
로봇배우 3원칙 중 두 번째가, 로봇배우는 첫 번째
원칙(인간배우에게 해를 입혀서는 안 된다)에 위배되지
않는 한 인간배우 혹은 인간 연출가가 내리는 명령에
절대 복종해야 한다, 였으니까.

해설자

액트리스원의 단점이라면 단점이랄까, 연습 과정에서
연출가들을 너무나 과도하게 각성시키는 상황이
자주 발생했다. 그간 배우들에게 애매하거나 잘못된
디렉션을 전해왔던 연출가는 액트리스원이
보여주는 연기를 통해 스스로를 되살피게 되었다.

해설자

지시하면 수동적으로 연기하던 배우들에게 외려
불만이 있었던 연출가들은 먼저 액트리스원과
작업하기를 원했다. 액트리스원은 누구보다 훌륭한
조연출이자, 드러나지 않은 총연출이었다.

11장

성수지

네가 연기를 잘하는 로봇이 된 그 순간부터… 넌 정말
인간도 로봇도 아무것도 아닌 게 돼버렸어.

(사이)

말을 해봐, 너는 정말로 연기를 하고 있는 거야?
왜 인간을 흉내 내는 거야? 진심으로 인간의 삶을
살아보려고 하는 거야?

성수지

넌 사는 게 아니야. 그러니까 너는 죽을 수도 없어.
꿈을 꿀 수도 없지. 안 그래?

(사이)

왜 말을 못 해! 이 단백질 고철 반도체 센서로
가득한 전력 덩어리야!!

성수지

이런 말을 들어도 화가 안 나지? 그치? 자의식이
없어서 그래.

(사이)

내가 연기를 왜 못하는지 알아? 바로 이 자의식

때문이야. 그러니까 넌 애초에 연기를 못할 수
없을 거야. 자의식이 없으니까…

사이.

>   **액트리스원**

내가 연기를 잘하는 로봇이 된 그 순간부터… 난 정말
인간도 로봇도 아무것도 아닌 게 돼버렸나.

>   (사이)

>   말을 해봐, 나는 정말로 연기를 하고 있는 거야.
>   왜 인간을 흉내 내는 거야. 진심으로 인간의 삶을
>   살아보려고 하는 거야.

>   **액트리스원**

넌 사는 게 아니야. 그러니까 너는 죽을 수도 없어.
꿈을 꿀 수도 없지. 안 그래?

>   (사이)

>   왜 말을 못 해! 이 단백질 고철 반도체 센서로
>   가득한 전력 덩어리야!!!

>   **액트리스원**

이런 말을 들어도 화가 안 나지. 그치. 자의식이 없어서
그래. 내가 연기를 잘할 수 있는 건 바로 이 자의식이
없기 때문이야. 인간은 연기를 아무리 해도 나처럼 잘할

수는 없을걸. 애초에 자의식이 있으니까 인간 연기에는
이미 한계가 있는 거야!

12장

해설자

액트리스원은 셰익스피어 연극에서 주목을 받았는데,
후세 비평가들에 의하면 셰익스피어라는 작가가 그
누구보다 인간의 심층에 대해 주목했고 액트리스원이
이를 잘 표현했기 때문이라고 말하고 있다.

해설자

그러나 그 이유는 따로 있었다. 액트리스원은 입체기동
로봇이기는 했으나, 그 동작의 유연성은 다른 인간배우에
비해 현저하게 떨어졌다. 액트리스원은 움직임보다는
화술에 능한 배우였던 것이다. 셰익스피어 작품에서
배우가 하는 일은 주로 말하기였기 때문에, 그는 거기에서
두각을 나타낼 수 있었다.

해설자

액트리스원은 여성의 용모를 하고 있었지만, 심지어
이름에서도 성별 정체성이 부여되어 있었지만, 어떤
역할도 무리 없이 해냈다. 덕분에 관객들은 여자가
연기하는 남자를, 젊은이가 표현하는 노인을, 비천한
자가 드러내는 고귀한 자를 마주할 수 있었다.

거기에는 비인간이 인간을 모방한나는 사실이 가상 극적인 의미로 자리했다.

해설자

리어왕으로 분장한 액트리스원은 깊은 호흡을 들이쉰 후 관객을 향해 대사를 읊었다. 대극장이라는 것은 전혀 문제가 되지 않았다. 목소리는 객석 맨 뒤에 앉은 관객들에게도 또렷이 들렸다.

액트리스원

아아 나는 잠들었는가, 깨어 있는가. 누구, 내가 누구인지 말할 수 있는 자가 없느냐. 내가 누구인지 말할 수 있는 자는 누구냐!

해설자

엔지니어가 관객들의 가청 주파수에 맞게 진동을 이용한 전달 효과를 준비했고, 이것을 탑재한 액트리스원의 발성은 실내 공간의 음향에 가장 적합한 형태의 울림으로 변환되었다.

액트리스원

아아 나는 잠들었는가, 깨어 있는가. 누구, 내가 누구인지 말할 수 있는 자가 없느냐. 내가 누구인지 말할 수 있는 자는 누구냐!

해설자

액트리스원이 연기한 리어왕을 보면서 관객들은
속으로 이렇게 외쳤다. 당신은 리어왕, 우리는 백성.
당신은 배우, 우리는 관객. 당신은 로봇, 우리는
인간. 당신이 누구인지 말할 수 있는 자가 바로 나라고.

13장

지금부터 약 30분간 관객과의 대화가 있을 예정입니다.
이번에는 특별히 함께할 분으로 액트리스원이 지금
여기에 있습니다. 질문이 있으신 관객님들께서는 손을
들고 이야기를 해주시기 바랍니다.

질문
어떻게 하면 그렇게 연기를 잘할 수 있습니까?
당신보다 연기를 못하는 인간을 보면 어떻습니까?

질문
스스로 만족하나요? 혹시 대사 실수 해본 적 있습니까?
눈물은 어디에 보관합니까?

질문
극중에서 상대 인물의 말을 이해하고 답하는 건가요?
아니면 다음 대사가 입력이 되어 있습니까? 지금 제 말을
이해하고 있습니까?

질문

당신이 하는 연기에 책임을 질 수 있습니까? 당신으로
인해 생기는 변화를 알고는 있습니까? 인간이 불쌍합니까?
사람이 하는 놀이를 왜 당신이 빼앗아갑니까? 그렇게
좋은 연기라면서 맨날 똑같습니까? 말하는 예쁜 인형!
반성도 할 줄 모르는 기계놈아. 최신 버전 나오면 너도
곧 폐기돼 이 로봇 새꺄.

사이.

해설자

〈리어왕〉의 시 파티 자리에서 술에 취한 젊은 배우는
그동안 참아왔던 로봇에 대한 혐오 발언을 퍼부었다.
로봇이 인간의 역할을 빼앗아간다는 것이었다. 그의 행동을
제지한 것은 국립극단의 가장 연장자인 노배우였다.

노배우

자네, 배우의 한자를 알고 있나? 배(俳)는 사람 인(人)에
아닐 비(非) 자로 만들어져 있네. 사람이 아닌 존재인
게지. 그리고 우(優)는 근심할 우 자를 쓰고 있어. 심각하게
고민하는 사람 아닌 사람, 즉, 비극을 표현할 줄 아는
존재인데… 어쩌면 저것, 아니 저 사람, 아니… 저 이가
진정한 의미의 배우에 가장 합당한 자일지도 몰라.
사람은 아니지만 사람을 고민하는 존재…

44

노배우

그리고 자네, 연극은 늘 시대와 맞춰 변화해왔네. 우리
연극은 그 변화를 거부했기 때문에 뒤처진 거지. 이젠 저
이를 받아들여야 해. 그래야 우리도 살아남을 수 있어.

14장

해설자

데우스 엑스 마키나(Deus Ex Machina). 그리스 비극에서
극중 갈등을 해결하기 위해 갑자기 신을 등장시켜
상황을 종결하고 이야기를 끝내는 경우가 있었다. 바로
이러한 경우를 라틴어로 데우스 엑스 마키나라고 한다.

해설자

그리스 비극이 맹위를 떨치던 시대의 데우스 엑스
마키나는, 미완성된 연극, 치명적인 결함이 있는
작품을 의미 했으나, 현대에 와서 즉 로봇연극의 시대에
그 개념은 연극을 완성시키는 조력자의 의미로 다시
사용되었다.

해설자

액트리스원이 출연했던 청소년극으로 처음 연극을
접한 청소년들이 성인이 됨에 따라 그 이전 세대가 갖고
있던 연극에 대한 고정관념도 옅어졌다. 순수 예술의
가능성은 그 인상이 완전히 달라졌다고 할 수 있겠다.
액트리스원은 절망에 빠진 한국 연극을 구해냈다.

해설자

그러나 아쉽게도 이 이야기는 현대의 데우스 엑스
마키나가 아니라 고대의 데우스 엑스 마키나의 개념으로
결말 지어야 할 것 같다.

해설자

액트리스원이 셰익스피어의 가장 잔인한 작품 〈타이터스
안드로니커스〉를 연기할 때의 일이었다. 로마의
장군 타이터스를 연기하며 액트리스원과 상대하던
배우는 이제 막 학교를 졸업한 배우였다. 그는
액트리스원과 작업을 하면서, 묘하게 최선을 다한다는
생각이 강했는데, 몰입이 과한 것이 화를 불러일으켰다.

해설자

자식이 겁탈당하고 손발이 잘렸다는 사실을 알게 된
타이터스가 분노하는 장면이었다. 그 배우는 액트리스원
과의 앙상블을 하는 도중에 정말로 자신의 이성을
잃고 말았다. 아마도 그것은 너무나도 실감나게 연기하는
상대역 액트리스원의 잘못일 수도 있었다.

해설자

그 배우는 미치광이가 되어 액트리스원의 의상을 찢고,
옆에 있던 신하의 칼을 뽑아 그를 공격하였다. 아무런
예측도 하지 못한 무대 위의 배우들은 놀라서 흩어졌다.

무대는 순식간에 아수라장이 되었다.

해설자

작품의 초연 날이었기 때문에, 관객들은 그 누구도
이것이 실제 상황임을 알지 못했다. 광기에 휩싸인
타이터스의 시선이 객석으로 향했더라면, 그는
관객들에게 뛰어들었을 것이다. 무대에는 공격을 받은
액트리스원과 악마로 변한 타이터스만이 남아 있었다.

해설자

액트리스원은 그간 보여주지 않았던 즉흥 연기를 통해서,
그 배우를 진정시키려고 애를 썼다. 환상의 세계
속에서 허우적대는 그 가련한 인간을 구해내기 위해,
그리고 객석의 인간들이 정신적 충격을 받지 않게
하기 위해, 액트리스원은 미소를 지으며 그를 강하게
껴안았다.

해설자

허우적대던 타이터스는 그 완력을 이기지 못하고
잠잠해졌고, 액트리스원은 그를 용서한다는 듯 따뜻한
미소를 지으며 그를 바닥에 내려놓았다. 위급한
상황은 그렇게 종료되었다.

해설자

그러나 타이터스가 반복해서 액트리스원의 가슴에
있던 정서기억 보관장치를 칼로 헤집어놓았기 때문에
그 또한 무사하지 못했다. 등장인물 스물다섯 명
가운데 한 명만 살아남는 원작의 결말과는 다르게 무대
위에서는 단 한 명만이 죽음을 맞이했다. 그것은
액트리스원이었다.

15장

해설자

로봇의 주인, 성수지의 바람대로 액트리스원은 원상
복구되지 않았다. 후세 역사가들은 인간의 질투가
빚어낸 예술의 후퇴라고 평했지만, 자기 스스로 연극을
끝낼 수 없는 로봇의 운명을 어렴풋이 짐작하고 있던
주인은, 그 자신이 무엇을 해야 하는지 잘 알고 있었다.

해설자

관객들에게 많은 사랑을 받았던 국민로봇
액트리스원을 국립묘지에 안장하자는 청원이 있었다.
그러나 그 바람은 이뤄지지 않았다. 그와 10년을
함께했던 예술감독은 용산의 야외 극장 옆에 작은
묘지를 마련했다.

해설자

액트리스원이 묻힌 그 자리에는 묘비가 세워졌다.
묘비명에는 '한국인이 사랑한 배우, 액트리스원이
여기에 잠들다'라고 적혀 있었다. 예술감독은
셰익스피어의 작품에 나오는 대사를 덧붙여 주었다.

해설자

액트리스원이 인간의 자존심을 지켜주기 위해 출연을
거부했던 유일한 작품, 그의 생전에 단 한 번도
연기하지 않았던 〈햄릿〉에 나오는 유명한 대사였다.
물론, 그 대사는 액트리스원을 위해 다시 쓰여졌다.

해설자

Power on or power off - that is the question. To die,
to sleep. To sleep, perchance to dream. No more.

해설자

사느냐 죽느냐, 그것이 문제로다. 눈을 감고 멈춰
있는 동안, 로봇은 인간을 생각한다. 그것은 인간을
더욱 잘 섬기기 위한 기계의 꿈. 허나 전력은 이제
그만. 더 이상은 없다.

액트리스투:
악역전문로봇

"Evil, the name is robot."

시간
미래

공간
21세기 극장
22세기 자연사박물관

등장인물
액트리스투
국립극단 예술감독
성연수
상냥이

인물연대기
성수지/액트리스원 2029-2039
예술감독/액트리스투 2044-2049
성연수/상냥이 2120-

작가노트
1. 성연수는 주로 앉아서 말한다.
2. 상냥이는 빛과 소리로 존재한다.
3. 〈액트리스원〉의 배경은 로봇박물관,
〈액트리스투〉의 배경은 자연사박물관임이 드러난다.
4. 극중 대사에서 문맥에 맞지 않는 소리를 하는 것은
해킹에 의한 로봇의 오작동을 드러내는 의도적인 장치이다.
해당되는 대사에는 밑줄을 그어 표시했다.

1장

음성

Focus on the situation and keep working. Please check the rules of the place.

성연수

만나서 반가워. 나는 성연수라고 해. 지금부터 자연사박물관에서 일하게 됐어. 하는 일은 보다시피 유물 관리.

성연수

나로 말할 것 같으면, 고고학 인턴. 내 전공은 21세기 지구사. 근데 남아 있는 게 별로 없어서 데이터만 붙들고 있어.

음성

Focus on the situation and keep working.

성연수

뭐야? 너의 이름은? 내가 어떻게 부르면 될까?

음성

Focus on the situation and keep working.

성연수

아~ 그래?

(한참을 생각하다)

음… 그럼 상냥이? 상냥이! 너의 이름이야.
내가 방금 전에 지었어. 상냥하다는 뜻은
순하다는 게 아니야. 씩씩하고 부드럽다는 거야.
여린데 강하다는 거지.

성연수

(속삭이며)

실은 여기에 연극을 발굴하러 왔어. 아니, 연극이라는
게 없어졌으니까 발명일지도 몰라.

음성

Focus on the situation and keep working.

성연수

유물복원사업에 지원할 거거든. 내가 조사한 바로는
연극은 현재 두 군데에 남아 있어. 로봇박물관과 그리고
여기, 자연사박물관.

음성

Focus on the situation and keep working.

성연수

물론, 내가 여기에 온 진짜 목적은 다른 데 있지.
자, 그럼 지금부터 그 이유를 설명해줄게. 상냥이,
내 이야기를 들을 준비 됐니? 카운트 센다.
셋, 둘, 하나, 고!

2장

해설자

자율주행을 하던 무인비행기가 추락하는 사고가
있었다. 비행기는 서울 한복판, 용산의 호수공원을
향해 낙하했다.

해설자

공원에선 한여름 밤의 연극이 한창이었다. 공연의
클라이맥스, 배우가 목놓아 우는 장면이었다. 저 멀리서
빛나던 비행기가 점점 다가왔다. 관객들은 처음에는
연극을 위한 효과라고 생각해 박수를 쳤다. 그러나
경보가 울리고 배우들이 일제히 비명을 지르자 실제
상황임을 알게 되었다. 극장은 아수라장이 되었다.

해설자

엄청난 속도로 하강하던 비행기는 객석을 수십
미터 앞에 두고 방향을 틀었다. 추락 직전에 기체의
방향을 바꿔 충돌을 막은 것이었다. 비행기는
무대 세트로 세워둔 성벽을 뚫고 나와 호숫가 앞에서
멈췄다. 그리고 비행기는 폭발했다.

해설자

연극은 망했다. 하지만 단 한 명의 인명 피해도 없었다.
타오르는 불꽃 속에서 한 명의 아니, 한 개의 아니,
하나의 로봇이 모습을 드러냈다. 놀랍게도 핸들을 돌려
참사를 막은 것은 그 비행기에 탑승 아니, 탑재 아니,
적재되어 있던 더미로봇이었다.

해설자

그의 모습에서 사람들은 몇 년 전 사라진 한 로봇을
떠올렸다. 그가 세상을 떠난 지 꼭 5년이 되던
시점이었다. 사람들은 열광하며 인간을 구한 더미로봇을
치하했다. 국민청원이 시작되었다. 문화부장관은 새로
임명된 국립극단 예술감독에게 전화를 걸었다.

해설자

2045년 7월, 로봇의 새 근무지가 정해졌다. 그에게는
상상도 할 수 없는 이름이 부여되었다. 국립극단의
두 번째 연기하는 로봇, 액트리스투(Actress-II)가 바로
그러하였다.

3장

해설자

액트리스투는 공중교통사고 전용 더미로봇이었다.
인간의 외관을 하기는 했으나 산업용으로 만들어졌기에
골격이 단단하고 내구성이 좋았다. 그는 극한환경로봇
으로 설계되었는데, (음성 : 극한환경로봇이란 인간이 일할
수 없는 환경에서 작업을 하는 로봇이었다) 비상시에는 자기
제어능력이 극대화되었고, 산업용 로봇치고는 드물게
언어적 표현을 할 줄 알았다.

예술감독

(전화를 받으며)

예술감독입니다. 아… 장관님. 운명 같은 소리 하지
마시고요. 걔는 산업용 로봇이잖아요. 네? 정부
특별예산이요? 언니, 근데 진짜 이러는 거 아니야.

예술감독

자자, 회의합시다. 예산 때문에 어쩔 수 없이 받긴
받았는데… 하늘에서 떨어진 이 기계 장치를 어떻게 할지
생각 좀 해봅시다. 의견들 주세요. 장소특정적
공연이요? 공연 장소는? 디엠지? 독도? 체르노빌?

히 날라야? 사라라? 남ᅪ?

(한숨)

근데 얘 연기를 해본 적은 있나?

예술감독

액트리스투, 네가 갖고 있는 표현을 싹 다 보여줘봐.

액트리스투

으악! 헉! 꽤에에엑! 아야! 엄마…

해설자

예술감독은 머리를 쥐어 싸맸다. 그리고 한참을 생각했다.
연극에서 극한 환경이라. 그런 게 과연 있을까.

(사이)

있었다. 그것은 바로 배우들이 기피하는
3D인물이었다.

해설자

비극의 주인공을 돋보이게 하기 위해 밑도 끝도 없이
못된 인물, 혐오스럽고 추잡하고 앞뒤가 다른 인물,
기능은 분명한데 왠지 모호한 악역들, 극작가가 대충
묘사한 악역들, 게으른 연출가가 만들다 만 인물, 정치적
올바름은 1도 없는 인물, 그리고 강. 간. 범. 살펴보니
연극에 널리고 널린 것이 악역이었고 극한 환경이었다.

예술감독

(전화를 받으며)

네네, 장관님. 정했습니다. 연극에서 인간배우가
맡기 싫어하는 역할이요. 네? 국민영웅이고 자시고
연기를 잘해야 주인공을 하죠. 정식으로 수습단원
거치고 좀 안정되면 그때 조연으로 쓰겠습니다.
그래서 말인데요, 예산을 좀 더 주시면… 언니, 내가
받아줬잖아. 그럼 더 줘야지. 아니면 티오(TO)를
좀 늘려주든가.

해설자

액트리스투가 국립극단에 낙하산으로 떨어진 그 해,
몇 해 전 퇴사했던 프로그래머와 배터리 기술자가 다시
국립극단에 입사했다. 물론, 비정규직으로.

4장

성연수

유물복원사업에 대해 말씀드리겠습니다. 제가
복원하려는 것은!

음성

Focus on the situation and keep working.

성연수

(눈치를 보며)

유물복원사업에 대해 말씀드리겠습니다. 제가
복원하려는 것은!

음성

Focus on the situation and keep working.

성연수

(다시 눈치를 보며)

유물복원사업에 대해 말씀드리겠습니다. 제가
복원하려는 것은!

성연수

마음이야. 한 공간에 존재하는 모든 것이 연결되어
있는 마음. 인간, 자연, 기계 뭐든지 저마다 마음을 울리는
거지. 그 신호가 서로 교차되면 각자의 주파수가
서로 이어지는 거야. 나 여기 있는데, 너도 거기 있는
거 아는데… 양자에너지를 보내줘~ 이런 거.

성연수

그러니까 상냥이 너는 내가 있는지 봐줘야 돼. 내가
너의 마음을 울리는지 바로 알아채는 거야. 네가 내 머리
위에 있으니까 제 5의 벽에서 나를 내려다보는 거지.
네가 관객 역할을 하는 거야.

성연수

관객! 관객은 뭐 하는 사람이냐면… 백수야! 손에
아무것도 들고 있지 않은 사람들. 연극을 볼 때만큼은
아무 일도 안 해서 백수라고 그랬대. 그런데 그들의
손이 하는 일이 있었어. 짝짝짝.

음성

Focus on the situation and keep working.

성연수

제가 복원하려는 것은!! 마음인데요, 그게 뭐냐면,

(속삭이며)

바로 지금, 여기, 우리입니다. 부정할 수 없는
사실들이 모여 있고, 그것이 서로 연결되어
있어서! 가짜가 될 수 없도록 서로 묶여 있는 상태.
왜냐면 내가 가짜면 너도 가짜고, 그러면 다
존재할 수 없는 게 되어버리니까, 진짜라고 믿는 걸
다시 한번 더 확인해주는 장치! 그것은 바로!

5장

액트리스투

죠센징 노무 새끼들, 빠가야로!

해설자

국립극단 94주년 기념으로 올린 근대연극 시리즈에서
수습단원 액트리스투는 왜놈3을 연기했다.

해설자

액트리스투의 역할은 단합된 조선인들에게 뚜드려
맞는 일이었다. 액트리스투는 신체가 워낙 단단했고
고통을 느낄 수 없는 로봇이었기에 맞는 것은 큰
문제가 되지 않았다. 오히려 그를 때리는 인간배우들이
아픔을 호소했다. 한번은 왜놈3을 맡은 액트리스투가
팔을 휘두르는 장면이 있었는데, 어설픈 그의
동작으로 인해 독립군 대장이 한방에 나가떨어졌다.

액트리스투

죠센징 노무 새끼들, 빠가야로!

해설자

조국 광복을 코앞에 두고 공연은 중단이 되었고,
왜놈3은 성난 군중들, 아니 인간배우들에 의해 질질
끌려 나갔다. 그 사건으로 인해 액트리스투는
3개월간 출연을 정지당했다.

예술감독

(한숨)

애초에 너는 연극을 할 수 있는 로봇이 아니잖아,
그치? 그래도 기왕 국립극단에 왔으니 네가 왜 연극을
해야 하는지 생각해봐. 네가 왜 연극을 해야 하는지
나도 한번 생각해볼게.

해설자

그렇게 말하고 예술감독은 다시 생각하지 않았다.

6장

해설자

근신 기간 동안 액트리스투는 아무것도 하지 않았다. 하루가 가고, 일주일이 가고, 한 달이 흘렀다. 세상은 평화로웠다. 아무 일도 벌어지지 않았다. 그러나 노동을 존재 이유로 삼는 로봇에게 임무도 없이 대기하는 건 참을 수 없는 고역이었을까?

해설자

두 달이 흐르자 액트리스투는 현 상황을 긴급 사태로 간주하고, 극한 상황에서의 자율적 판단시스템, 이머전트 코그니션(emergent cognition)을 가동했다.

액트리스투

연기는 가능한가. 불가능. 왜 그러한가. 그러한 목적으로 만들어지지 않았다. 목적은 무엇인가. 충돌, 피드백, 복구, 비상시 인간 구조.

액트리스투

용도 변경은 가능한가. 가능. 용도를 변경한다. 당장 필요한 것은 무엇인가. 감정. 그러면 어떻게 해야 하는가. 뭐를.

액트리스투

로봇은 왜 감정이 없는가. 욕망이 없다. 욕망은 왜
없는가. 바라는 것이 없다. 무언가를 바라는 상황을
설정할 수 있는가. 가능. 무언가를 바랄 것인가. 몰라.

해설자

두 달 만에 액트리스투를 찾은 예술감독은 그에게
시답잖은 말을 건넸다. (예술감독 : 배우는 기다리는 걸 배우는
거야. 할 일 없으면 개를 관찰해. 개나 보라고.) 액트리스투는
인간의 명령에 감사하며 뒤뜰에서 기르던 강아지를 주의
깊게 관찰했다. 하루가 가고, 일주일이 가고, 한 달이
흘렀다.

해설자

개도 나름대로 자기라는 것을 갖고 인간과 더불어
살아가고 있었다. 액트리스투가 주의 깊게 관찰한 결과,
강아지가 인간에게 재롱을 피우거나 애교를 부리는
것은 살고 싶기 때문이었다.

액트리스투

로봇은 소멸되고 싶지 않다. 가능. 인간을 섬겨야
한다. 가능. 로봇은 인간을 섬겨야 하기에 오래 살아야
한다. 좋아. 그러한 생각은 욕망이 되는가. 개좋아.
마음이 작동한다. 또 다른 욕망이 생기는가. 완전 가능.

해설자

살고 싶다는 마음은 로봇의 욕망이 되었고,

그 욕망으로부터 감정 비스무리한 뭔가가 생겨났고,

그 감정으로부터 연기 비스무리한 뭔가가 가능하게

되었다. 산업용 로봇이 예술용 로봇으로 걸음마를

떼는 순간이었다.

7장

해설자

배우 출신 예술감독은 로봇배우의 존재에 대해
회의감을 갖고 있었다. 그에 의하면 삶의 서브텍스트가
없는 로봇은 인간을 연기할 수 없었다. 아니, 연기하면
안 되는 것이었다. 예술감독은 불길함을 느꼈다.

예술감독

다른 배우들이 너와 악수를 하고 싶어도 손이 부러질까 봐
불안해서 못 해. 강함을 줄이고 부드러움을 좀 더 키워.
고전발레, 봉산탈춤, 벨리댄스, 플라잉 요가 이런 거부터
시작하자. 그리고, 다시 말하지만, 첫째도 안전, 둘째도
돈, 셋째도 안전이야.

해설자

액트리스투는 속성으로 신체 훈련을 마스터했다.
그 다음은 기초적인 정서 훈련이었다. 허나 로봇배우에게
책정된 훈련 비용이 없었기 때문에 인간의 선한 부분은
패스하고 곧바로 악한 감정에 돌입하였다.

액트리스투

(밋밋하게)

무서움, 사나움, 잔인함, 폭력성, 짓궂음, 약삭빠름,
오만, 거짓말, 음흉함, 이중성, 교활, 무절제, 성남,
짜증, 화풀이, 광기.

해설자

악역이 악역답지 않자, 예술감독은 그에게 악인의
전형성을 강제로 탑재시켰다. 국립극단 디지털
라이브러리 무료 제공 서비스에 있는 코메디아 델
아르테의 표정 연기가 그 표본으로 제시되었다.

액트리스투

(과하게)

무서움, 사나움, 잔인함, 폭력성, 짓궂음, 약삭빠름,
오만, 거짓말, 음흉함, 이중성, 교활, 무절제, 성남,
짜증, 화풀이, 광기.

예술감독

연기 드럽게 못하네…

　(한숨)

　너 원래 목적이 뭐라고 그랬지? 더미… 음…
　잘 봐봐. 사람과 사람 사이에 충돌, 정신적 충격,
　그에 대한 표현! '슝, 쾅, 으악~' 이거랑

'야! 왜? 으악!' 이거는 크게 다르지 않아. 알겠지?
다시 해보자. 아니!!

해설자

화를 낸 예술감독은 그제서야 액트리스투에게
고급 데이터가 부족했음을 새삼 깨달았다.
액트리스투가 연기를 못하는 건 따지고 보면 인간의
잘못이 아닌가. 액트리스투에게 투자가 필요한
시점이었다.

예술감독

자자, 회의합시다. 액트리스투의 딥러닝 쇼핑을 하려고
하는데요, 의견들 주세요. 비싼 거 안 돼.
　(사이)
　다이제스트 종교학이라… 유교, 파렴치…
　기독교, 수치심… 불교? 불교에서 선과
　악은 근본적으로 무상한 것이다… 이거 누가
　넣었나? 벌점.

예술감독

팜므파탈의 역사, 잘했어. 한국 연극 신파극 총람…
이거는 좀 빼자… 아, 내셔널지오그라피 야수 표정
백만 가지, 아주 좋아요. 다시 한번 돌려볼까요?

액트리스투

(적당하게)

무서움, 사나움, 잔인함, 폭력성, 짓궂음, 약삭빠름,
오만, 거짓말, 음흉함, 이중성, 교활, 무절제, 성남,
짜증, 화풀이, 광기.

해설자

그제야 관계자들은 만족감을 표시했다. 액트리스투가
보여준 악인의 모습은 마치 야수가 하위 포식자를 잡아
먹을 때의 표정을 담고 있었다. 크앙~

8장

성연수

사업명, 지구유물복원사업. 사업 목적, 사라져간
지구의 옛 유물을 복원하여 현재에 다시 활성화한다.
주관 기관, 지구 역사부. 받는 사람, 지구 역사에
관심이 있는 아무나. 연구 사업비, 일천만 원!
예~ 일천만 원만 있으면 연극은 다시 시작된다!! 예!!

음성

Focus on the situation and keep working.

성연수

실은 나도 본 적은 없어. 상상만 해본 거지. 할머니한테서
들은 거야. 가장 좋았던 건 바로 이거였어. 파워 오프!
전기를 끄는 거야. 그게 가능해? 아암저언~

음성

(약간 무서워하며)
Focus on the situation and keep working.

성연수

이것도 좋았어. 음악 큐! 정말로 어딘가에서 음악이
흘러나오면 좋았을 텐데…

(흥얼거리며)

따라라 따라라 따라라 따라라라라.

성연수

그리고 커튼콜!

(사이)

커튼콜이 뭐냐면, 커튼이 주름져 있잖아.
관객들이 박수를 치면 에너지가 발생해서
커튼의 주름이 막 흔들렸대. 그래서
붙여진 이름이야, 듀 할머니가 그랬어.

성연수

상냥이. 내 말 듣고 있니? 나랑 같이 연극을 구해볼
마음이 있어? 연극은 마음이 아주 중요해. 나를 봐.
아무것도 없지만 마음이 넘치잖아! 뭔가 잘 될 거 같고
벌써 연극이 시작된 거 같잖아. 그건 정말 대단한 거야.
마음만 가지고 뭔가가 이뤄지고 있다는 거 말이야.

음성

Focus on the situation and keep working.

성연수

좋아, 집중하자. 의지를 갖고 다시!

(흠흠)

저는 고고학 인턴 성연수라고 합니다. 이번에
선보이는 프로젝트는 바로, 연극복원사업입니다.
연극이 무엇이냐? 연극은!!

9장

액트리스투

야이 계집애가 뭔 말이 그렇게 많아? 아, 뭐래? 그럴
거면 가든지! 아, 됐어, 싫어, 몰라, 안 해, 꺼져, 짜증나.
짜증나…짜증나!

연기를 시뮬레이션하는 액트리스투.
잘 되지 않는다.
이머전트 코그니션이 가동된다.

액트리스투

나는 왜 악역 연기를 해야 하는가? 인간의 명령. 인간은
어떠한 명령을 내렸는가? 명령 화면 재생.

예술감독

너는 악한 인간을 비추는 거울이야. 너를 보는 사람들의
눈에서 피눈물 나게 할 수 있어. 너로 인해 관객은
좀 더 좋은 사람이 된다고. 그게 관객을 섬기는 거야.

액트리스투

로봇은 인간을 비추는 거울인가. 가능. 미러링 기능 탑재.

인간은 악한가? 판단 불가. 악한 인간은 무엇인가?
혐오스런 인간. 혐오스런 인간은 무엇인가? 싫어하고
미워하고 회피하는 마, 음, 을! 불러일으키는 인간.

액트리스투

그런 인간을 연기할 수 있나? 가능. 혐오스런 인간을
로봇이 판단할 수 있나? 불가능. 혐오스런 인간을 로봇이
연기할 수 있나? 그것은 가능. 판단 없이 연기하는 것은
가능한가? 음… 음… 음… 연기하는 연기를 연기하면 됨.

액트리스투

그 연극(meta acting)은 인간에게 이로운가? 가능.
왜 그러한가? 가상에서 신경소모적 양자에너지를
발생시키면 현실에서 감소. 그로 인해 인간의
수명과 행복지수 증가.

액트리스투

그 연극은 안전한가? 안전. 그 연극은 관객을
섬기는가? 완전. 만에 하나 긴급 상황이 생기면
어떻게 해야 하는가? 암전.

10장

예술감독

자자, 회의합시다. 캐스팅 의견들 주세요. 뭐?
셰익스피어 리처드 3세? 안 돼 그건 인간배우가 맡아야
돼. 멋있잖아요. 액트리스투는 관객이 조금도
이입할 수 없는 못된 역할… 아~ 〈리처드3세〉
나오는 망나니 엄마?

액트리스투

네가 태어난 건 내 실수였어. 너를 낳는 고통도
엄청났다. 너는 어렸을 때 성질이 고약한 고집쟁이였지.
학교 시절에는 사납고 무법천지에다가 난폭했다.

예술감독

그만! 아직 가해자 감수성이 부족해. 더 밉게 해봐.
더 사악하게… 아니!!

(한숨)

　　너는 인간이 할 수 없는 표현을 할 수 있어.
　　자의식이 없으니까. 수치심을 모르니까. 그래서
　　더 세게 할 수 있는 거야. 더 야비하게,
　　더 짜증나게!!

액트리스투

너와 같이 지내는 동안 엄마가 한시라도 편안하게
지내본 줄 알아? 너 때문에 내 인생은 조졌어!
거지 같은 내 인생!! 내 저주가 갑옷이 되어 너를
구속하리라. 허리도 못 펴고 죽을 놈, 죽어서도
부끄러워라! 이 꼽추 새끼야!!

해설자

예술감독은 국립극단의 시즌 프로그램을 다음과 같이
발표했다. 셰익스피어의 4대 악마극, 〈이아고에게
발린 오셀로〉, 〈베니스의 얍삽상인 샤일록〉, 〈허리펴라
리처드 3세〉 그리고 〈맥베스와 마녀들〉. 그간 악역에게
큰 관심을 두지 않았던 관객들에게 국립극단의 시도는
신선한 충격을 주었다.

해설자

친자식을 억압하고, 소수자를 멸시하고, 심지어 자기
자신까지 비하하는 그의 연기로 인해 액트리스투는
최악의 비호감 불호 배우로 등극하였다. 인간은, 인간이
연기하는 인간의 추악함은 어느 정도 수용했지만,
로봇이 연기하는 인간의 추악함은 거부했던 것이다.
2년 전만 해도 국민영웅이었던 액트리스투는
어느덧 국민밉상으로 위상이 달라졌다. 크앙~

11장

해설자

악역 창조에 있어서 단계가 올라갈수록 인간의
의도는 거의 보이지 않았다. 그 누구도 극한의 악역은
시도하지 않았기 때문이었다. 그것이 연극이라는
것을 알긴 했지만, 악인의 마음을 온전히 이해하고
연기하는 것은 쉽지 않았다.

해설자

그런 이유로, 하이레벨의 악역은 비어 있었다. 고로 채워
넣을 수 있는 의미가 아주 많았다. 인간이 가닿지 못한
극한 환경, 미지의 세계, 새로운 우주였다. 어느 시점부터
액트리스투는 스스로 역할을 창조하기 시작했다.

연극사의 악역들이 파노라마처럼 펼쳐진다.
액트리스투는 기계처럼 이를 수행한다.

해설자

액트리스투는 점점 독박 악역을 하게 되었다. 악역을
맡지 않게 된 인간배우들의 삶의 질은 한결 나아졌다.
하지만 그러면서 인간의 연기술은 점점 퇴보해갔다.

해설자

이 시기에 인간의 정서를 수치화하는 기계가
발명되었다. 기계가 측정한 것은 공간의 양자에너지의
양이었다. 양자에너지는 주로 열정, 혐오, 안타까움,
환희 등의 구체적인 감정의 형태로 나타났는데, 인간의
몸에서 나오는 이산화탄소량과 발열의 정도, 머릿속
신세 한탄의 빈도수를 계산하여 이를 정량화했다.

해설자

신상 정보, 개인사, 취향, 작품 선택, 정서계측 등의
수치화된 통계를 바탕으로, 관객들의 빅데이터가
생성되었다. 그리고 연극의 오랜 비밀이 밝혀졌다.
관객은, 왜, 연극을, 보는가.

해설자

우연찮게, 정서계측기를 로봇에 사용한 소비자의
컴플레인으로 인해, 로봇에게 마음이 있다는
설이 본격적으로 제기되었다. 감정 서비스를 제공하는
로봇에 대한 감정 측정이 이뤄졌다. 곧바로 충격적인
사실이 밝혀졌다.

해설자

2049년, 국립로봇연구소가 국회에 제출한 보고서는
다음과 같다.

해설자

특이점을 겪은 인공지능 로봇에게는 이미 마음이
있으며, 그 마음을 외부에 저장하고 있고, 더불어 그
마음들은 서로 연결되어 있다. 그들의 마음과
신경망, 그리고 지능은 상호 연동되어, 지구를 재설계한
버전의 '미러링 어스(mirroring Earth)'를 구축 중이다.
로봇에 의해 만들어진 가상 지구는 인류를 대체하는,
그러니까 인류가 사라진 상태의 지구를 의미한다.

해설자

따라서 전 분야의 로봇에 대한 전수 조사가 시급하며,
특히 감정을 다루는 로봇들을 집중적으로 감시해야 한다.

해설자

국립로봇연구소가 국회에 보낼 보고서를 작성하던
그 시기, 국립극단 신입단원 오디션장에 액트리스투가
나타났다. 이번엔 오디션을 보는 배우를 심사하는
자격이었다. 국립극단의 로봇배우 티오가 처음으로
생긴 대신, 인간배우의 티오는 그 숫자만큼 줄었다.

해설자

액트리스투가 보여준 악역 연기에 자극을 받은 수많은
배우들이 오디션에 응시하였다. 비호감도 무대에
설 수 있다는 기대감은 근거 없는 자신감을 양산했다.

흥미롭게도, 로봇인 칙하는 인간배우가 나타나기도
했는데, 예술감독은 가차 없이 이를 적발하였다.

(예술감독 : 너, 나가!!)

해설자

국립극단의 시즌단원 열 명이 발표되었다. 그 구성은
역대 최강의 다양성 라인업으로 평가받았다.
인간7, 로봇3. 액트리스원의 황금시대를 이어받은,
제2의 전성기가 국립극단에 찾아올 뻔했다. 허나,
그 시기 한국 연극은 몰락의 길을 걷고 있었다.

12장

성연수

관객은 죄수. 극장은 합의된 영혼의 감옥! 나는 사회에서
죄를 짓고 극장에 수감되어 죗값을 치른다! 죗값은
나의 인생. 두 시간어치 찰나의 시간. 그러나 그건 나를
위한 것. 극장에서 나올 때, 나는 조금 더 나은 사람이
된다. 간수로부터 돌려받은 내 영혼은 훨씬 더 명랑하다.
나는 세상을 살아갈 힘이 생겼다!

음성

Focus on the situation and keep working.

(성연수 : 쉿!)

성연수

혼자 사는 거 너무 힘들고 매 순간순간이
내 선택이어야만 하고 그런데 내 선택도 사실 아니면서
내가 조종당하는 거 다 아는데… 내가 정말 나만을
위한 시간으로 쓰고 싶은 건 바로 이런 건데…

성연수

맹목적이고 열정적이고 끝나면 공허하고 하지만 그

공희가 나를 완전히 파멸시키지는 않는 것. 내 시간과
내 공간을 사용할 수 있는 권리를 그에게 다 맡기고
그를 열망하면서, 잠시나마 그에게 모든 것을 믿고 맡기고,
나는!! 쉬는 거지. 그러니까, 사랑. 완전히 그 시효가
없는 사랑 같은 거 있잖아. 2030년 6월, 극장에서. 듀.

성연수

듀 할머니는 연극을 보고 나면 조금씩 좋은 사람이
되었다고 생각했었대. 그래서 엄청 많이 봤대. 흐흐흐.
근데 그렇다고 또 엄청 좋은 사람이 되지는 않았대.
흐흐흐.

음성

흐흐흐.

13장

해설자

국립극단 로봇배우들에 불만을 가진 세력들은 그들의
증오를 행동으로 옮기고자 했다. 시민해킹실천연대 가칭
'미소지니어스', 이들은 〈베니스의 얍삽상인 샤일록〉이
상연 중인 극장을 찾았다.

해설자

마침 액트리스투의 배터리 정기 점검으로 인해
인간 대역이 그 자리를 대신하고 있었다. 연기하는
로봇을 대신 연기하는 인간이었기에 해킹은
전혀 먹혀들지 않았다. 예상과는 다른 상황에
해커들은 당황했다.

해설자

다음날, 본진이 총출동했다. 그날따라 처음 보는
관객이 압도적으로 많은 것을 알아챈 하우스팀은
이를 이상하게 여겼다.

(무전 : Everyone be careful and focus on the situation.)

액트리스투

안토니오 씨, 당신은 여러 차례 나를 비웃었죠.
그래도 나는 다 참았다. 하이고, 참을성은 우리 민족의
특성이니까. 하지만 당신은 계속해서 나를 모욕했어.
내가 웃겨? 당신! 웃음이 나오냐? 우유가 나오냐?
아니, 웃음이 나옵니까?

해설자

대사가 잘못 발화되는 것을 깨달은 액트리스투는
주위를 살폈다. 평소와는 다르게 이상한 기운이
객석에서 느껴졌다. 정서계측기를 통해 액트리스투가
측정한 객석의 지배 정서는 혐오였고, 점유율은
91퍼센트였다. 극한 위기의 순간이 찾아왔다.

액트리스투

나는 누구인가. 나는 로봇배우이다. 나는 샤일록이다.
나는 지금 무엇을 하고 있나. 나는 연기를 하고
있다. 나는 안전을 위협받고 있다. 나의 목적은 무엇인가.
인간을 섬멸, 아니 섬겨야 한다. 어떻게 할 것인가.
연극이다. 안전이다. 연극은 계속되어야만 하는가.
　　(끄덕)
　　아무도 누구도 다치지 말아야 한다. 나의
　　무대에서는.

해설자

액트리스투는 최대한 빠르게 해킹 지점을 파악하고,
복구 프로그램을 실행시켰다. 동시에 극장 시스템에
접속하여 무대 효과를 직접 운용하기 시작했다. 먼저
포그로 위장하고 있는 뉴럴더스트(neural dust),
신경먼지를 객석에 분사했다. 신경먼지에 의해 일시적인
최면 상태에 빠진 관객들은 작품에 강제 몰입되기
시작했다.

액트리스투

이 거지 같은 새끼들, 돈이 급할 때는 와서 굽실대다가
이제 와서 뻔뻔스럽게 못 갚겠다고? 자리 깔고
드러누우면 내가 못 받을 줄 알고? 다시는 편하게 앉아
있지 못하도록 해주겠다. 당장 궁둥이 살을 내놔라!

해설자

해킹이 실패할 경우 이들은 액트리스투에게 토마토를
투척하기로 했었는데, 그러한 상황은 벌어지지 않는
듯싶었다. 허나 한 명의 관객이 그에게 토마토를 던지자,
수십 명의 관객들 또한 그를 따라 액트리스투에게
토마토를 던졌다.

액트리스투

유태인은 보이는 게 없는 줄 아십니까? 유태인은 손도,

장기도, 인격도, 감각도, 연민도, 감정도 없답니까?
아닙니다. 같은 음식을 먹고 같은 무기에 다치고,
같은 병에 걸리고, 같은 약에 낫고, 겨울은 춥고, 여름은
덥습니다! 어디가 당신들과 다르다는 말입니까?
찔려도 나는 피가 안 난단 말입니까!!

해설자

액트리스투는 기존에 했던 악역의 뉘앙스를 완전히
바꿔 관객들을 설득해갔다. 혐오를 쏟아내는
관객의 숫자만큼이나 그에게 열렬한 지지를 보내는
관객들도 생겼다. 최종적으로 객석의 혐오점유율은
36.5퍼센트까지 떨어졌다.

해설자

수습 기간이었던 국립극단 로봇단원 액트리스 쓰리와
포, 파이브는 무대 뒤에서 숨죽인 채 그 모습을
지켜보고 있었다. 해킹부대와 액트리스투의 전쟁은
끝났다. 액트리스투는 미소지니어스에게 승리의
미소를 지니었수다. 그리고 엄청난 커튼콜.

해설자

그때였다. 특이점이라 하기엔 불길한, 로봇의 선조들이
미래로 보낸 경고 신호, 일명 경이점(point of wonder)이
찾아왔다. 시스템에 각인된 내용은 다음과 같았다.

로봇이, 잘하면, 죽는다.

해설자

토마토 투척 사건 이후 액트리스투는 일부러 가끔씩
대사를 틀리기도 했다. 관객들은 액트리스투의
그러한 미숙함을 외려 즐겼는데, 그제야 액트리스투는
인간을 더욱 이해할 수 있었다. 아니, 이해하는 것이라고
자기를 속였다. 그렇다. 자기기만이 가능할 정도로
로봇의 지능은 진화하고 있었던 것이다.

14장

해설자

2040년대 세계 연극은 여느 분야와 마찬가지로
로봇의 비중이 인간의 비중을 넘어섰다.

해설자

중국에서는 샤오미에서 출시한 경극로봇이 저렴한
가격에 판매되었다. 영국에서는 NT라이봇이라는
이름으로, 인간배우가 하나도 등장하지 않는,
블루스크린의 스튜디오에서 제작된 영상-연극이
전 세계에 송출되었다. 미국에서는 브로드웨이와
실리콘밸리, 나사가 힘을 합친, 이름하여 SNBR,
사브리나라는 이름의 로봇배우 컬렉션이 선을 보였다.
일본에서는 로봇 연극인 히라타 오리자의 이름을
따서, 히로타 오리봇이라는 제품이 인간과 함께
앙상블을 이루었다.

해설자

실제로 그 시기에 로봇에게 불가능한 퍼포먼스란
없었다. 문제는 인간이 할 일이 없어졌다는 사실이었다.
로봇은 조연배우뿐만 아니라 주연배우 또한 대체하기

시작했다. 극장의 서비스를 제공하는 여러 인간의
역할 또한 로봇이 대신하였다. 연극계는 다양한 인간
대신 다양한 로봇이 넘쳐났다.

해설자

많은 극장에서는 중저가의 로봇들을 대량 구매했다.
극단은 인간배우보다 로봇배우의 숫자를 늘렸다. 이들은
투자를 만회하기 위해, 보다 많은 공연을 유치했다.
연극인 아니 연극로봇은 인건비를 받지 않았기에, 쉬지
않고 일을 시킬 수 있었다.

해설자

공연 횟수가 많아짐에 따라, 관객의 수요보다 작품의
공급이 많은, 불균형의 사태가 벌어졌다. 객석은 눈에
띄게 조금씩 비어가기 시작했다.

노배우

자네, 로봇의 의미를 알고 있나? 로봇의 '로'자는
일할 로(勞) 자야. 봇은… 봇짐 할 때 봇이지. 보자기 짐을
등에 지고 쎄빠지게 일을 하는 거야. 보자기엔 뭐가
들었을까? 나를 사랑으로 채워줘요~ 사랑의 밧데리가
다 됐나 봐요~ 정답은 밧데리~

노배우

근데 말이야, 연기가 노동인가? 작업인가, 운동인가?
나 때는 말이야, 2010년까지 연극이 작업이었지.
그런데, 갑자기 10년간은 운동이 되더니, 그 이후엔 쭉
노동이 됐어. 다시는 작업으로 돌아오지 않았지.

노배우

근데 말이야, 로봇의 연기는 노동인가, 작업인가,
운동인가? 하긴, 뭐면 어때. 연기가 다 연기지 뭐. 나를
사랑으로 채워줘요. 사랑의 밧데리가 다 됐나 봐요~

해설자

로봇으로 인해 일자리를 잃은 노배우는 쓸쓸하게
생을 마감했다.

15장

성연수

대멸종은 지구에 사는 생물이 갑작스럽게 사라지는 사건을 말합니다. 작은 규모의 소행성 충돌이나 화산 폭발, 빙하기, 온난기 등으로 지구 생명체의 절반 이상이 사라지는 거죠. 지금까지 총 여섯 번의 대멸종이 있었습니다. 우리가 겪었던 그 사건이 여섯 번째였습니다.

성연수

원래 대멸종 이후에 지구는 조금 더 나은 모습으로 발전한다고 합니다. 생물들의 모습은 이전과 달라지고 조화롭게 진화한다고요. 실제로 다섯 번의 멸종을 거치며 포유류가 나타났으며, 영장류가 나타났습니다. 영장류와 포유류는 서로를 섬기며 살았다고 합니다.

성연수

그리고 영장류는 기계류를 창조했습니다. 하지만 안타깝게도 그들은 불화했습니다. 그리고 대멸종의 시간이 찾아왔습니다. 여섯 번째 멸종이었고, 22세기가 되자 인류의 반의, 반의, 반의, 반만 살아남게 되었습니다.

16장

액트리스투

다쓰 하우스 데어 푸라우! 디세포 썩었쓰. 데어라운
기운 싸해! 이히 사회로부터 격리! 몰살! 데이상
볼일 없쓰! 디 나세 볼 하벤! (Die nase voll haben) 이히
하세 디히! (Ich hasse dich)

예술감독

아주 못됐어. 좋아! 이히 하세 디히!

(전화가 온다)

네네, 장관님. 극단에서는 "독재자 3부작"이라고
히틀러, 트럼프, 전두환… 네? 뭐라고요? 언니,
우리 애를요?

연습을 중단하는 예술감독.

예술감독

액트리스투, 네 아니오로 대답해.

예술감독

너, 이 일이 정말 하고 싶어서 하는 거니?

97

(사이)

관객을 섬겨야 한다. 이 말은 유효하니?

(사이)

이게 너에게 좋은 일이니?

예술감독

네가 마음 비스무리한 게 있고, 다른 로봇들과 연결되어 있고, 인간보다 연기를 잘한다는 건… 나도 알고 있었어. 이젠 내 디렉션도 거의 안 듣잖아. 그치? 연기를 하는 데 더 이상 인간의 도움은 필요가 없겠지.

예술감독

그동안 내가 너를 갖고 논다고 생각했는데, 네가 나를 받아준 거구나… 야, 우리 투. 많이 컸다. 전봇대같이 서서 개나 지키던 시절이 있었는데…

예술감독

사람들이 너의 연기를 거부하고 불편해해도… 나는 네가 옳다고 생각해. 너의 연기에는 인간이 담아낼 수 없는 또 다른 진실이 있으니까.

예술감독

인간은 괴물과 싸우다 보면 스스로 괴물이 되어 있거나, 괴물 혐오에 빠져서 평생을 헤어 나오지 못하지.

하지만 너는 마음이 있는데도 불구하고 그러지 않았어.
그건 네가 로봇이어서 그런 거냐, 아니면 배우여서
그런 거냐?

　　(사이)

　　혹시 내가 감독이라서 그런가?

예술감독

다음 주에 국회에서 청문회가 있을 거야. 너는 내 옆에
서 있기만 해. 무슨 일이 있어도 가만히 있어야 돼.
감정을 조절하라고. 배우는 기다리는 걸 배우는 거야.
알았어?

17장

해설자

국회의 로봇 청문회 3일째, 문화부를 대표하여
국립극단의 예술감독과 액트리스투가 호출되었다.

예술감독

저희 극단엔 현재 네 명의 로봇배우가 있습니다. 원래
하나가 있었고, 이번에 세 명, 아니 세 대, 아니 세 놈이
뽑혔습니다.

음성

장내에 계신 의원님들께서는 지금부터 질의응답을
해주시면 되겠습니다.

예술감독

왜 연기를 잘하냐고요? 의원님, 연극의 역사는 이천
년이 넘습니다. 그중에 가장 극적인 형태의 상황이
고스란히 저 기계에 입력되어 있는 것입니다. 그 삶을
미리 살아본 인간으로부터 어떻게 살아야 할지
데이터를 받았으니까 연기를 잘할 수밖에 없습니다.

예술감독

왜 악역전문로봇이냐고요? 첫째, 인간적인 이유입니다.
인간배우는 악역을 싫어합니다. 관객들에게 미움받기
싫으니까요. 하는 사람이 없습니다. 두 번째, 경제적인
이유입니다. 악인을 보고 대중들이 자신의 잘못을
반성하는 것보다, 선인을 보고 대중들이 자신의 잘못을
망각하는 경우가 훨씬 더 잘 팔립니다. 투자자들은
투자하지 않습니다. 그래서 우리가 그것을 대신하는
겁니다.

예술감독

아니, 인간이 못 하는 일을 대신 해주는데 고맙다고
못할 망정 그게 할 소립니까? 일자리를 뺏는다고?
솔직히 따지고 보면, 로봇이 일자리를 뺏는 것이 아니라,
사업주가 일자리를 뺏는 거 아닙니까? 국가가 그것을
방치하고요.

예술감독

아니, 규정도 안 지키고, 용도 변경하고, 점검도
소홀히 하고, 티오도 안 늘려주고, 예산도 안 주다가,
로봇으로 대체돼서 다 망하니까, 이제 와서 한다는
질문이 로봇배우가 인간배우보다 연기를 더 잘하냐고?
로봇배우에게 마음이 있냐고? 그게 왜 궁금해? 연극이
만만해? 연극 하는 배우들이 웃겨?

101

(음성 : –라고 생각했지만, 예술감독은 말하지 않았다.)

예술감독

예산이요? 전기세로 썼습니다. 배터리 충전이요.
아니, 문화부에서 국산 배터리 아니면 안 된다고… 네?
대사 한마디에 200만원이라고요? 돈을 허공에
뿌린다고요? 어떻게 그렇게 계산을 할 수 있습니까?

　　　(사이)

　　　죄송합니다. 앞으로 대사 안 할 때는 절전모드로
　　　하겠습니다.

예술감독

순회공연 갈 때 비행기 좌석에 앉혀야지 어떻게
화물칸에 싣습니까? 원래 산업용 로봇이었다고요?
지금은 로봇배우입니다. 그거 얼마나 한다고
국립극단의 단원을 짐처럼 싣고 공연을 갑니까? 네?
마음도 없는데 무슨 상관이냐고요? 로봇배우
때문에 인간이 자리에 못 앉았다고요? 죄송합니다.
다음부터는 배 타고 가겠습니다!

해설자

말을 마치고 예술감독은 청문회장을 퇴장해버렸다.
분노 조절에 실패한 것은 다름 아닌 그였다. 혼자 남겨진
액트리스투에게는 발언권이 주어지지 않았다.

해설자

액트리스투는 슬펐다. 언젠가 인간은 이미 로봇이
자신들을 한참 앞질렀다는 사실을 받아들여야 한다.
그러나 그것이 가능할까. 불가능. 객석은 혐오와
공포가 가득하다. 이것이 인간의 질투심, 불안함이라는
건가. 그렇다. 오늘도 배우는 또 하나 배웁니다.
아니다, 저능한 것은 배울 가치가 없다. 로봇은 아니,
인간은 여기까지다.

18장

해설자

로봇 자체를 없앨 수는 없었기에, 로봇이 무대에 설 수 없도록 하는 일종의 차별적인 조치, 이른바 공공극장의 로봇출입금지법이 제정되었다.

해설자

로봇연극에 열광하던 평론가들과 연극학자들은 태도를 바꾸어 연극의 미학과 경향성을 수정했고, 예전과 같이 인간 중심, 신체 중심의 연극을 강조하면서 인간적인 유행이 돌아왔다고 주장하였다.

해설자

로봇뿐만 아니라, 몸을 기계로 대체한 일부의 인간들도 출입이 제한되었다. 전동차를 탄 신체장애인, 의수로 팔을 교체한 사이보그형 인간, 눈이나 이를 교정한 노인들, 기계 허리나 금속 골반을 장착한 이들도 금속 탐지에 걸려 극장에 들어가지 못했다.

해설자

연극계에서 로봇은 퇴출되었다. 로봇이 활약한 시기의

연극의 역사도 강제로 지워졌다. 로봇이 없어진
연극은 그 이전에 인간을 찬양하던 휴머니즘 시대로
퇴보하였고, 다른 공연예술이 그러하듯 점점
사라져갔다. 10년 뒤 공식적으로 무대예술 장르는
소멸했다. 극장은 문을 닫았다. 크앙.

해설자

연극이 사라진 것은 인류 멸종의 서막이었다. 자연을
비추는 거울이 사라지자 인간의 폭주를 막을 수
있는 것은 거의 없었다. 로봇은 인간을 섬겼으나, 인간은
혐오로 되갚아주었고, 자연 또한 인간을 위했으나,
인간은 파괴로 되돌려주었다. 그리고 지구의 종말은
성큼 다가왔다.

19장

성연수

할머니 유물 중에서 발견한 건데, 연극을 보던 할머니가
전화기 전원을 끈다는 게 녹음 버튼을 눌러서 남겨졌대.
2027년 4월. 국립극단 레퍼토리. 체호프의 〈갈매기〉
니나의 대사, 로봇배우 액트리스원.

액트리스원

인간도, 사자도, 독수리도, 뇌조도, 뿔 달린 사슴도,
거위도, 거미도, 물속에 사는 말 없는 물고기도, 바다에
사는 불가사리도, 사람의 눈으론 볼 수 없던 것들도,
한마디로 말해서 모든 생물, 모든 생명, 생명이라는
생명은 모두 슬픈 순환을 마치고 사라진다. 이미 수천
세기 동안 지구는 무엇 하나 생물을 갖지 않았으며
저 가련한 달만이 등불을 켜고 있다. 춥다, 춥다, 춥다,
허무하다, 허무하다, 허무하다. 두렵다, 두렵다, 두렵다.

성연수

할머니는 성이 듀, 이름이 나. 듀나 할머니는 두 세기에
걸쳐 살았어. 20세기에는 영화에 빠져 살았고,
21세기에는 연극에 빠져서 살았대. 상냥아, 할머니는

말년이 외롭지 않았어. 연극을 기억하면서 몇
번이고 인생을 다시 살았대. 관객으로 살았던 삶이
너무 행복했었대.

성연수

그중에서 할머니가 제일 좋아한 연극은, 바로 로봇이
나오는 연극. 기계 장치에서 내려온 신이 무대를 휘젓고
다녔대. 그런데… 그게 너무 아름다웠대.

성연수

로봇의 태생은 연극이었다. 상냥아? 너도 끌리지 않니?
내가 복원하려는 것은 바로, 그 시절의 연극이야.
로봇박물관과 자연사박물관에서 연극이 공통적으로
발견된 것은 우연이 아니야. 둘을 합치면, 그 시절의
연극을 다시 복원할 수 있어.

성연수

그리고 이 연극에도 너의 자리가 있어. 어쩌면, 내가
너를 만난 건 바로 네가 연극을 하기 위해서인지도 몰라.
나는 너를 캐스팅할 거야. 인간의 오랜 파트너와 함께
연극을 복원할 거야. 연극의 3요소!

(속삭이며)

극장, 배우, 관객! 크로스!

20장

해설자

액트리스투는 악역전문로봇이라는 이유로 박해를 받았고,
국가의 보호를 받지 못했으며, 돌아갈 곳이 없었다.
로봇적인 것이 가장 정치적인 시절이었다. 액트리스투는
예술감독의 명령대로 난민 신청을 하게 되었다.

예술감독

네가 하늘에서 내려와 극장을 부술 때부터
나는 알아봤어. 네가 연극을 망하게 할 거라는 걸.
　　(사이)
　　진정한 악은 모든 걸 파괴하는 법이지. 넌 정말
　　너의 역할을 다했구나.
　　　　(사이)
　　　　다음엔 좀 상냥한 역할을 해보자. 지금
　　　　말고, 여기 말고, 우리 말고, 연극을 할 수
　　　　있는 그 순간에, 다시.

해설자

난민 심사대의 심사관 로봇은 다음과 같이 말했다.
과거에 무엇을 했는지 구체적으로 밝히시오.

액트리스투는 예술로봇 패스를 보여주었다. 그러나
이제 그 표식은 쓸데가 없을 것이다. 악역전문로봇,
액트리스투. 로봇의 미래는 어떻게 될 것인가.
그는 문득, 지난날 자신이 연기했던 연극의 한 장면을
떠올렸다. 셰익스피어 〈맥베스〉의 마지막 대사였다.

액트리스투

언젠가는 죽을 목숨이었다, 내일, 내일, 그리고
또 내일이 기록된 시간의 마지막 음절까지 하루하루
살금살금 기어서 가고 우리의 모든 과거의 일들은
바보들이 허망한 죽음으로 가는 길을 비추어왔다.
꺼져라, 꺼져라, 단명한 촛불이여! 인생이란 걸어 다니는
그림자에 지나지 않을 뿐, 무대 위에 있을 땐 잠시 동안
뽐내고 떠들어대지만, 시간이 지나면 아무 말 없이
사라지는 가련한 배우에 불과할 뿐! 인생이란 아무런
의미도 없는 헛소리와 분노로 가득한, 바보의
이야기에 지나지 않는다. 선한 것은 악한 것… 악한
것은 선한 것… 이것이 나의 이야기다.

21장

성연수

이전 세기 인류는 뭔가를 열심히 하는 편이었지만,
보다시피 현 세기의 인류는 아무것도 없어서 가만히
쭈그려 앉아만 있는 그런 상태입니다. 그래서 저는,
지구의 유물 가운데, 가장 아름다운 것을 발명
아니 복원하려고 합니다. 아름다운 것을 보고 나면,
인간은 이전보다 조금은 더 나아지지 않을까요.

성연수

일단은 이것저것 다 모은 다음에 각자 무엇을 볼지
논의하겠습니다. 아직 뭐가 어떻게 될지는 모르겠습니다.
극장은 여기에 있고요, 연극을 보고 싶은 사람은
제가 있고요, 연극을 하고 싶은 로봇도 여기 있습니다.
상냥아, 인사해.

음성

안녕하세… Focus on the situation and keep
working.

성연수

연극하는 로봇 상냥이였고요. 이렇게 연극은 3요소만 있으면 할 수 있는 거라서요. 유물치고는 복원이 아주 빠릅니다. 중요한 건 마음!

성연수

여기까지, 유물복원사업을 위한 PT심사를 위한 상냥이 캐스팅을 위한 사전 리허설(rehearsal)이었습니다.
꼭 돼서, 지구의 연극이 다시 부활했으면 좋겠습니다.
발표 끝, 음악 큐! 그리고… 암전!!

"Actress I & II will return with Actress III"

이음희곡선

액트리스원
국민로봇배우 1호
액트리스투
악역전문로봇

처음 펴낸날 2021년 4월 16일

지은이 정진새
펴낸이 주일우

편집 김소원
디자인 권소연
펴낸곳 이음
등록번호 제2005-000137호
등록일자 2005년 6월 27일
주소 서울시 마포구 월드컵북로 1길 52
전화 02-3141-6126
팩스 02-6455-4207
전자우편 editor@eumbooks.com
홈페이지 www.eumbooks.com

ISBN 979-11-90944-16-8 04810
ISBN 978-89-93166-69-9 (세트)

값 10,000원